HERCULE CAROTTE DÉTECTIVE

Enquête à Versailles

Une série de Pascal Brissy,
illustrée par Guillaume Trannoy.

Hatier
jeunesse

Chapitre 1

Un pickpocket au château ?

Sapristi ! Un mystérieux pickpocket fait des siennes au château de Versailles. Hercule Carotte, le lapin détective, vient enquêter !

Son adjoint, Eusèbe Télégraf l'accompagne. Il s'entretient avec l'un des gardiens de l'entrée avant de rejoindre son ami.

– Aux dernières nouvelles, relève-t-il, un petit miroir du Roi-Soleil a disparu ce matin !

– Alors ouvrons l'œil ! répond Hercule.

En effet, un groupe de visiteurs
se promène encore dans les jardins :
une loutre, une mouffette, un couple
de biquettes et une famille lapin.

L'instant d'après, Hercule et Eusèbe suivent une hyène. C'est un guide du château.
Elle explique :
– Nous allons maintenant nous diriger vers la galerie des Glaces.
– Fantastique ! s'exclame Eusèbe, gourmand. Moi je vais en choisir une à trois boules : fraise, vanille et chocolat !

À ces mots, le renard s'élance. Mais il déchante devant l'entrée de la galerie.
– Saperlotte ! Encore une histoire de miroirs ?

Hercule est surtout intrigué par la hyène arrivée sur place avant son adjoint.
– Mmm... Ce guide est très rapide ! remarque le détective au milieu des visiteurs.

Comme Hercule, trouves-tu que cette hyène a un comportement bizarre ?

Chapitre 2

Miroir, mon beau miroir

Un peu plus tard, la hyène poursuit la visite.

– Ici, il y a 357 glaces ! dit-elle avant d'admirer son reflet.

Eusèbe compte aussi les fenêtres.
– 17 ! Je plains le personnel de ménage ! chuchote-t-il à Hercule.

Mais le détective observe les visiteurs.
L'un d'eux est-il le voleur ?

Soudain, Eusèbe regarde par une fenêtre.
Un drôle de rayon l'éblouit.
Le renard plisse les yeux et aperçoit le guide à l'extérieur.

Eusèbe tourne la tête. Mais la hyène est déjà de retour avec les visiteurs.

– Par les moustaches de tante Henriette !
Ce guide est plus rapide qu'une comète !

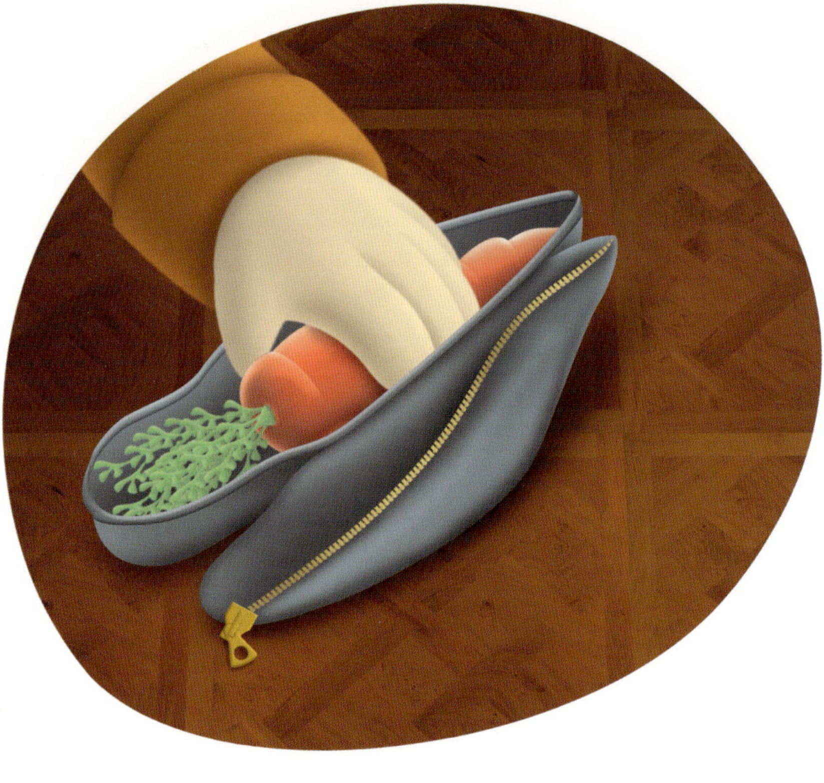

Pendant ce temps, Hercule sort
une carotte de sa réserve personnelle
pour réfléchir.
– Miroir, mon beau miroir, murmure-t-il.

Heureusement, Eusèbe a une idée.
– Je sais ! Cette hyène utilise un passage secret !

Le renard inspecte l'endroit de long en large : les cadres, les moulures ou les statues… Rien !

Eusèbe sort de la pièce et tombe museau à museau avec…
– Encore ? s'étonne-t-il.

As-tu compris comment
le voleur s'y prenait ?

V
V V

Chapitre 3

Sacré mystère !

Taratata ! Comment la hyène fait-elle pour être partout à la fois ?

Eusèbe a la réponse.
– Montrez-nous vos pattes ! Vous avez des patins à roulettes !

– Raté ! ricane la hyène.
– Décidément, bougonne le renard vexé, ça fait déjà trois fois que je me fais avoir ! C'est un triple mystère !
– Vous ne croyez pas si bien dire, mon ami ! s'exclame le détective à ses côtés.

Au même moment, un rayon de soleil transperce la pièce.
– Un jeu de miroir ! révèle Hercule. Nos pickpockets sont organisés !
– Ils sont donc plusieurs ? sursaute aussitôt Eusèbe.

Le renard se frotte les yeux
comme s'il avait vu un fantôme.

À présent, il aperçoit trois hyènes
en même temps.

– Qu'est-ce que c'est que cette histoire,
mes lascars ?
– Je crois que l'enquête est bientôt
résolue, lui confie Hercule. Et si vous
trouvez la solution, mon cher,
je vous offre une glace !

Hercule a percé le mystère…
Quel guide a volé le miroir ?

J'observe

Par les moustaches de tante Henriette, sauras-tu trouver la bonne silhouette d'Hercule Carotte ?

J'observe

Sauras-tu retrouver les sept différences entre les deux dessins ?

Solutions des jeux p. 32.

Je mémorise

As-tu bien lu l’histoire ?
Remets les images dans l’ordre.

A

B

C

D

E

Je devine

L'oiseau du château de Versailles sait qui est le voleur. Et toi ?

Solutions des jeux p. 32.

Solutions

J'observe (p. 28)
La bonne silhouette est la D.

J'observe (p. 29)

Je mémorise (p. 30)
C, A, D, E, B.

Je devine (p. 31)
Il y a 3 guides au château ! Regarde bien leur casquette ! C'est la hyène de la page 14 qui a volé le miroir.

Suivi éditorial : Maya Saenz-Arnaud
Création graphique et mise en pages : Graphicat

ISBN : 978-2-401-07397-5
ISSN : 2497-0166

Loi n° 49-956 du 16 juillet 1949 sur les publications destinées à la jeunesse.

IMPRIM'VERT Votre imprimeur agit pour l'environnement

PAPIER À BASE DE FIBRES CERTIFIÉES

Hatier s'engage pour l'environnement en réduisant l'empreinte carbone de ses livres. Celle de cet exemplaire est de : 150 g éq. CO_2
Rendez-vous sur www.hatier-durable.fr

Achevé d'imprimer en France par Clerc à Saint-Amand-Montrond
Dépôt légal : 07397-5/01 - août 2021